Geheime Leidenschaft

Alexander Schudow

tredition

© 2023 Alexander Schudow
Herausgegeben von: tredition, www.tredition.com

Druck und Distribution im Auftrag des Autors:
tredition GmbH, Heinz-Beusen-Stieg 5, 22926 Ahrensburg,
Germany

Dieses Buch beinhaltet drei kurze
Erotikgeschichten
für das spannend prickelnde Gefühl.

Die Insel der Lust

Die Strahlen der aufgehenden Sonne ließen die Haut des am Strand liegenden Mädchens wie Perlmutt schimmern.

Ihre langen, rot gelockten Haare bedeckten fast den gesamten Rücken.

Nur mühsam konnte sie sich daran erinnern, dass in der letzten Nacht ein tropischer Sturm tobte. Die hohen Wellen trieben sie mal hier hin und mal dort hin.

Immer wieder geriet sie unter Wasser und rang nach Luft. Ein Walfänger entdeckte sie zwar, aber alle Mann an Deck waren nicht in der Lage, sie zu retten. Der Steuermann musste schließlich abdrehen, um das eigene Schiff in Sicherheit zu bringen.

Wie ein Wunder kam es ihr vor, auf dieser Insel gestrandet zu sein. Mühsam erhob sie sich und stand bis zu den Knien im Wasser. Nicht daran gewöhnt, festen Boden unter den Füßen zu haben, stolperte sie über den Strand.

Sie musste nicht weit gehen, denn bald ging der kahle Sandstrand in das dichte, üppige Grün des Dschungels über. Vorsichtig schob sie einige der großen Farnblätter zur Seite und stapfte in die schattenspendende Südseeoase.

Ohne zu wissen, wo sie war, woher sie kam und vor allem, wer sie war, ging sie intuitiv einen kaum erkennbaren Pfad entlang. Das Geräusch von sanften Wellen führte sie an einen kleinen Süßwassersee, in den sich, von einer Felsklippe aus, ein kleiner Bach ergoss.

Immer wieder prallte das Wasser auf Felsvorsprünge und wurde auf seinem Weg nach unten hundertfach abgelenkt und zerstäubt. In der Gischt bildete sich ein kleiner Regenbogen von der Klippe bis zum gegenüberliegenden Ufer.
Es sah so aus, als bildete er eine Brücke aus Licht. Eine Brücke gebaut für die Fantasie, aber zu filigran für Wesen.

Dankbar für diese Gelegenheit hockte sie sich in das kühle Süßwasser und wusch Salz und Sand von ihrem Körper. Viele Male tauchte sie ihre langen Haare in das Wasser und strich sie glatt, bis all der Sand ausgespült war. Sie genoss das klare Wasser auf ihrem Körper und mit steigender Erregung fühlte sie, dass ihre Brustwarzen durch die Kühle hart geworden waren.
Sanft streichelte sie ihre von Wassertropfen glitzernden Brüste und spielte verträumt an ihren harten Brustwarzen. Ein ungewohntes Kribbeln durchzog ihren Unterleib.

Sie führte neugierig ihre Hand zwischen die Schenkel und erschrak fast, als ihr Finger in die kleine Hautfalte eindrang und die Klitoris berührte.

Ein Schauer überkam sie.

Ein Schauer der Lust, welcher nach mehr verlangte.

Anmutig stellte sie einen Fuß auf einen Stein, um diese interessante Stelle ihres Körpers genauer erkunden zu können. Mit der flachen Hand rieb sie in kreisenden Bewegungen über die Schamlippen und stellte überrascht fest, dass die Feuchtigkeit nicht nur aus Wasser bestand, sondern aus ihr hervorquoll. Während eine Hand immer heftiger die großen Brüste massierte, glitt langsam ein Finger der anderen Hand in diese empfindsame Spalte.

Der rauschende Wasserfall übertönte das tiefe Stöhnen, als ihr junger Körper seinen ersten Orgasmus erlebte. Die Wellen der Erregung schlugen in ihrem Kopf zusammen. Ihre Beine knickten wie Streichhölzer ein und sie ließ sich schwer atmend in das seichte Wasser fallen.

Minutenlang wurde sie vom Wasser getragen und genoss die abebbenden Wellen in ihrem Körper mit geschlossenen Augen. Als die Sonne den höchsten Stand am Himmel erreichte, leckte ein Lichtstrahl sanft über ihr Gesicht. Die Sonne ließ sie ihre Augen öffnen und mehrfach blinzeln.

Sie blickte um sich und entdeckte eine wunderschöne Blüte am Rande des Sees.

Neugierig näherte sie sich diesem Geschenk der Natur und betrachtete es genauer. Zwei hellgelbe, handgroße Blütenblätter rahmten das Innere der Blüte ein. In der Mitte waren ebenfalls zwei kleinere, fleischige Blütenblätter, die in einem satten Rot leuchteten.

Diese inneren Blätter schmiegten sich eng aneinander, lediglich im oberen Bereich drängte sich ein kleiner blauer Stempel aus der Spalte.

So etwas hatte sie schon einmal gesehen und musste an ihre erste sexuelle Erfahrung von vorhin denken.

Als sie mit gespreizten Beinen im See gestanden hatte, spiegelte sich in dem klaren Wasser ihr Unterleib und diese Blüte sah fast genauso aus wie ihr Schambereich.

Sie streichelte sanft mit der Fingerkuppe über eines der großen gelben Blätter. Fast augenblicklich öffneten sich die Blätter weiter, als würde sie selbst die Schenkel öffnen. Interessiert streichelte sie das Blatt und nährte sich mit kreisenden

Bewegungen langsam dem Inneren der Blüte.

Zwischen den roten Blättern bildete sich ein kleiner Tropfen Nektar.

Neugierig strich sie mit der zweiten Hand vorsichtig über die Spalte und fühlte die Nässe. Langsam führte sie den feuchten Finger an ihren Mund und leckte ihn ab. Der klare Blütensaft schmeckte herrlich süß und machte Lust auf mehr.

Frech spielte sie an dem kleinen Stempel, denn dieser Punkt war auch bei ihr der interessanteste.

Es dauerte nicht lange, da bildeten sich dicke Tropfen aus Nektar am Rand der Spalte, den sie nun direkt mit der Zunge ableckte.

Sie naschte den wunderbaren Nektar und spürte, dass die Blüte es ebenfalls genoss.

Immer gieriger züngelte sie über die fleischigen roten Lippen, sodass sie gar nicht merkte, wie sich die großen Blätter langsam um ihren Kopf schlossen.

In einer festen, aber zugleich sanften Umklammerung hielt die Blüte ihren Kopf gefangen.

Sie empfand dies nicht als unangenehm und stimulierte die süße Spalte immer mehr, um an die herrliche Nascherei zu gelangen.

Nach einiger Zeit zuckte die Blüte mehrmals heftig und öffnete die Umklammerung ihres Kopfes. Die letzten Reste des Saftes leckte sie sich vom Mund und verspürte ein Sättigungsgefühl wie nach einem ausgiebigen Mahl.

Neugierig auf dessen, was diese Insel noch zu bieten hatte, ging sie tiefer in den Dschungel. Sie erreichte eine Lichtung, über der quer ein großer, moosbewachsener Baum lag, der mit seinen Astgabeln vielerlei Sitzmöglichkeiten bot.
Sie kletterte auf den Stamm und lehnte sich an einen großen Ast. Von dem langen Weg durch das dichte Unterholz war sie zwar erschöpft, aber innerlich voller Verlangen. Sie musste sich einfach weiter streicheln und die Berührungen ihrer Hände genießen.

Sie dachte an die Blüte am See und sehnte sich danach, selbst auch einmal solch eine Behandlung zu erfahren. Verträumt und mit lüsternen Gedanken wanderte ihre Hand zwischen ihre Beine. Sie wusste, welch schöne Gefühle sie dort unten erwarteten.
Diesmal war sie achtsamer als am See und steigerte ihre Lust bedächtiger.
Schwer atmend umklammerte sie mit der freien Hand einen der

Äste, während sie nun mit zwei Fingern in ihrer Spalte eingedrungen war. Ihr Becken hob und senkte sich im Rhythmus ihrer Lust. Mit weit geöffnetem Mund schrie sie ihre Geilheit heraus. Diesmal wurde sie nicht vom Wasserfall übertönt.

Sehnsüchtig rieb sie ihre Wange an dem weichen Moos des Stammes und stellte sich vor, der Stamm wäre ein zweiter Körper, mit dem sie ihre Lust teilen könnte.
Immer höher ließ sie die Wellen der Lust schlagen, aber darauf bedacht, dass sie nicht über ihrem Kopf zusammenschlugen.
Minutenlang genoss sie dieses Spiel mit ihrem Körper und entdeckte weitere Varianten der Stimulation.

Eine sanfte Berührung auf ihrem Busen erzeugte ein erschrockenes Zucken.
Sie hielt die Augen weiter geschlossen und genoss vertrauensvoll das Gefühl fremder Hände auf ihrem Körper.
Sanft wurden ihre Brüste massiert.
Ein Mund saugt an ihren Brustwarzen und kurz darauf spürte sie, wie eine feuchte Zunge durch ihre Spalte fuhr.
Für einen kurzen Moment wurden ihre kleinen Schreie lauter, gingen jedoch in ein tiefes Stöhnen über.

Ein weiteres Paar Lippen presste sich zärtlich auf ihren Mund und wollüstig gierte ihre Zunge den Geschmack des fremden Mundes zu erkunden.

Mit einem tief aus ihrem Leib kommenden Schrei raste sie in einen unbeschreiblichen Höhepunkt. Hätten nicht sechs aufmerksame Hände den zuckenden Körper gehalten, wäre sie vom Baum gefallen.

Von unzähligen Berührungen begleitet, beruhigte sie sich langsam und öffnete die Augen.

Drei Frauen standen um sie herum und verwöhnten sie mit ihren sanften Händen. Sie blickte die drei mit einer Mischung aus Freude und Ratlosigkeit an. Als Antwort bekam sie von allen drei Frauen ein freundliches „wissendes" Lächeln zurück.

Sie spürte, dass dieses Lächeln ehrlich gemeint war und fühlte Geborgenheit in ihrem Herzen.

Durch dieses tiefe Vertrauen, für welches keine Worte nötig waren, zögerte sie nicht, die Zärtlichkeiten zu erwidern.

So lagen die vier Frauen eng umschlungen auf der Lichtung. In dieser Situation des unbedingten Genusses und der Leidenschaft spielte Zeit keine Rolle.

Erst als die Sonne tief am Himmel stand, erhob sich die erste und die anderen folgten. Ohne die Absicht der Frauen zu kennen, folgte sie den dreien ohne das geringste Misstrauen. Sie kamen mit einbrechender Dämmerung in einem kleinen Dorf an.

Auf einem weichen Lager aus großen Blättern machten sie es sich bequem, wobei sie von den drei etwa gleichaltrigen Kameradinnen in die Mitte genommen wurde. Nachdem ihre Haare sorgfältig gebürstet und zu einem Zopf gebunden wurde, sollte sie sich hinlegen. Bäuchlings lag sie nun da und die drei Frauen begannen ihren Rücken, ihren Po und die Beine einzuölen.

Das Öl wurde auf rituelle Weise in ihre Haut einmassiert. Durch die am Oberkörper beginnende Massage entspannte sie sich auf eine nie gekannte Weise. Als die geschickten Hände sich bis zum Steiß vorgearbeitet hatten, fühlte sie ihren Oberkörper kaum noch und wurde von Träumen eingehüllt. Die Frauen sparten nicht an warmen, duftenden Öl und sie genoss die warmen Übergüsse, welche sie heftig ins Schwitzen brachten.

Zwei Hände teilten ihre Pobacken, damit eine dritte Hand auch an ihrer intimsten Stelle das Öl einmassieren konnte. Sie wusste nicht, ob sie es bis jetzt überhört hatte oder ob sie durch die Manipulation der Frauen abgelenkt war, aber sie vernahm einen rhythmischen Trommelschlag in einem schnellen, gleichmäßigen Takt, welcher nur gelegentlich noch schneller und lauter wurde.

Scheinbar richteten sich die Frauen bei der Massage nach dem Trommelschlag, denn immer wenn ein schnellerer Part einsetzte, begannen sie einen neuen Abschnitt ihres Körpers zu bearbeiten.

Ihrem Po war in diesem Ritual eine recht lange Zeit gewidmet. Immer wieder floss neues Öl durch ihre Spalte zwischen den Pobacken und teilte sich in drei kleinere Ströme, als es die Schamlippen erreichte.

Eine der Hände drang langsam in ihren Anus ein. Die beiden Finger darin verursachten ihr jedoch durch das Öl und die Massage kein Leid. Sie genoss das Gefühl und bedauerte es geradezu, als ein erneuter Trommelwirbel das Zeichen gab, nun ihre Oberschenkel einzuölen.

Als auch ihre Füße im Schein der Fackeln einen öligen, feuchten Glanz hatten und zwischen den Zehen mehrfach Öl einmassiert wurde, verstummten die Trommeln.

Die Frauen deuteten ihr an, sie müsse sich nun umdrehen, aber in diesem Zustand der völligen Entspannung fühlte sie sich wie gelähmt.

Noch während sie zögerte, griffen sechs Hände beherzt zu und drehten sie geschickt auf den Rücken. Da die großen Blätter unter ihr das Öl auffingen, schwamm sie geradezu in der glitschigen Substanz. Jede Bewegung war um ein Vielfaches leichter, da es fast keine Reibung mehr gab.

Allerdings musste sie aufpassen, nicht einfach davon zu fließen.

Nun setzte der Trommelschlag wieder ein und der Vorhang aus Schilf am Eingang der Hütte öffnete sich. Sie sah einen jungen Mann eintreten, dessen Körper ebenfalls ölig glänzte. Es war das erste Mal, dass sie einen richtigen Mann sah.

Sie ahnte, dass er ihr das geben konnte, dem in diesem Moment ihre Sehnsucht galt.

Geschmeidig trat der junge Mann auf sie zu und sie öffnete leicht ihre Schenkel. Er verstand diese Geste und kauerte sich zwischen ihre Beine. Ihre Lippen vereinten sich zu einem leidenschaftlichen Kuss, als er sich über sie beugte.

Behutsam streichelte er ihren Hals.

Er tat dies ganz vorsichtig, als wolle er nichts zerbrechen, aber doch erkunden. Zögerlich griffen ihre Hände in seinen Nacken. Dann streichelte sie seine muskulösen Schultern.

Heftig atmend wurden die Küsse leidenschaftlicher und die Hände formender.

Erst forschend, dann bestimmend knetete er ihren Busen und rieb seine Lenden an ihrem Becken. Besitzergreifend zog sie ihn auf sich und sie genossen das erregende Gefühl ihrer öligen Körper. Mit einem schnellen Ruck drehte sich das Paar, sodass beide auf der Seite lagen.

Er begann an ihren Brustwarzen zu saugen. Während er an ihrem zarten Fleisch knabberte, entfuhren ihr die ersten deutlichen Laute.

Dabei griff sie nach seinem besten Stück.

Das voll erigierte Zepter glänzte herrlich anzusehen im Schein der Fackeln. Wieder vereinten sich ihre Lippen zu einem himmlischen Kuss und dämpften ihr wollüstigen Rufe.

Als sich seine kräftigen Finger zwischen ihre Beine drängten und in ihr Heiligstes eindrangen, dachte sie vor Lust vergehen zu müssen. Mit einem Ruck hatte ihr muskulöser Liebhaber sie erneut gedreht, sodass sie mit dem Rücken zu ihm lag.

Jetzt spürte sie, wie sich sein Rohr von hinten zwischen ihre Beine drängte.

Bereitwillig hob sie das Bein an und im gleichen Moment drang er in ihre feuchte Spalte ein. Der unerwartete, stechende Schmerz ließ sie nur kurz erschrecken, dann genoss sie das Gefühl völlig von seinem Glied ausgefüllt zu sein.

Jede kleinste Bewegung des Eindringlings spürte sie mit einer Intensität, die sie vorher noch nicht kannte.

Langsam begann der Penis vor und zurück zu gleiten.

Sie spürte seinen heftigen Atem in ihrem Nacken und zwei starke Hände, die sich um ihre Brüste legten. Er fuhr immer schneller aus und ein.

Sie fühlte sich ihm völlig ausgeliefert und hoffte, dass es nie enden würde. Ihre spitzen Schreie kamen unkontrolliert aus ihrer Kehle. Sie genoss diese Leidenschaft, mit welcher er sie stieß.

Als der Stab sie verließ, fühlte sie eine unangenehme Leere zwischen ihren Beinen.

Ihr Liebhaber legte sich auf den Rücken. Sein Glied ragte hart und steil empor.

In Windeseile hockte sie sich von Angesicht zu Angesicht über ihn.

Dann ließ sie ihren Körper genussvoll nach unten gleiten und führte sein bestes Stück in ihre Spalte. Als er wieder völlig in sie eingedrungen war, ließ sie sich nach vorne fallen und wurde von seinen starken Armen umschlungen.

Still lag das Pärchen nahezu regungslos aufeinander.

Nur ihr Becken kreiste langsam, um seinen pulsierenden Penis so intensiv wie möglich zu spüren.

Dieser Moment der Nähe, wenn aus zwei Körpern eine Einheit wird, wurde von beiden zum ersten Mal wahrgenommen und mit allen Sinnen genossen.

Begleitet von einem ansteigenden Trommelrhythmus rutschte sie von ihm herunter und kniete sich vor ihren Liebhaber.

Sie präsentierte ihm ihren Po in voller Schönheit und er drang ohne zu zögern erneut in ihre nasse Spalte ein. Schneller und heftiger stieß er sie von hinten, wobei ihr Kopf hin und her geworfen wurde. Ein sattes Klatschen von Haut auf Haut begleitete jeden Stoß.

Fast betäubt von Lust bekam sie die letzten Stöße nicht mehr bewusst mit.

Sie schwebte auf einer anderen Ebene, als sie laut schreiend zusammensackte.

Noch eine ganze Weile zuckte ihr Unterleib vor Erregung.

welche erst langsam abebbte.

Als er sie dann behutsam streichelte, liefen immer wieder kleine Beben durch ihren Körper.

Eine ganze Weile noch verwöhnten sie sich gegenseitig und die Trommeln waren längst verstummt, als ihre Erregung wieder anstieg.

Spielerisch erforschte sie seinen Luststab und schob zärtlich, aber doch fest zupackend, seine Vorhaut vor und zurück. Durch das viele Öl und ihre eigenen Säfte war er nass und glitschig. Er zuckte wie ein kleiner Fisch in ihrer Hand.

Auch er ließ nicht von ihrem Körper ab.

Sie bekam eine Gänsehaut vor Erregung, als seine Zunge ganz langsam an ihrem Nacken spielte. Eine Hand massierte ihre immer noch steinharten Brustwarzen, während die anderer zu ihrem Anus wanderte. Sie spürte einen erregenden Druck, als er mit dem Finger daran herumspielte und in das Loch eindrang.

Ganz dem Genuss hingegeben, lag sie entspannt da und liebkoste seinen steifen Dorn.

Als er sich erhob, legte sie sich auf den Bauch und streckte ihren Po hoch in die Luft.

Erwartungsvoll spürte sie, wie der harte Stab auf ihren Anus drückte und langsam eindrang. Das Gefühl war härter und weniger süß als vorhin, aber sein Glied erregte sie auch in dieser Körperöffnung.

Ganz behutsam schob er seinen Zapfen nur ein kleines Stück hinein, um ihn dann wieder herausgleiten zu lassen. Beim zweiten Mal drang er etwas tiefer ein, was von ihr mit lautem Stöhnen zur Kenntnis genommen wurde. Immer tiefer drang er in ihren Hintern ein und steigerte sein Tempo.

Sie gab sich ihm völlig hin und genoss sein Glied in ihrem engen Loch mit vor Erregung feuchten Augen.

Konnten diese Empfindungen noch schöner sein?

Sie zwang sich, noch eine andere Stellung zu genießen, drehte sich auf den Rücken und lud ihn mit weit gespreizten Beinen in ihre feucht glänzende Spalte ein. Er bohrte sich sofort tief und hart in ihren Leib.

Keuchend atmend umklammerten ihre Arme und Beine den kraftstrotzenden Männerkörper.

Sterne tanzten vor ihren Augen, als sie mit ihrem Partner von einem gemeinsamen Orgasmus davon getragen wurde.

Die Fackeln waren längst erloschen, aber die Nacht war warm wie alle Nächte in dieser Region.

So schlief das junge Paar aneinander gekuschelt ein. Sie waren erschöpft, aber glücklich.

Am nächsten Morgen wurden sie von den ersten Sonnenstrahlen geweckt. In seinen Armen liegend betrachteten die beiden sich verliebt und küssten sich eng umschlungen und hingebungsvoll.

Sie fühlte sich geborgen und glücklich.

Plötzlich wurde ihr erschreckend klar, wie sie hergekommen war.

Sie musste noch einmal an den Strand, sprang hastig auf und zog ihn am Arm auf die Beine. Lächelnd folgte er der jungen Frau durch den dichten Pflanzenwuchs zum Strand. Er führte sie jedoch zu einer anderen Stelle der Insel, an der kein Sandstrand war, sondern eine kleine Felsklippe. Dort setzten sie sich an die Steinkante und schauten ins Wasser.

Sie konnten die Korallen sehen sowie die vielen bunten Fische und den klaren Grund.

Ihr kam das alles so bekannt vor, als wäre sie schon einmal dort gewesen. Es kam ihr so vor, als wäre sie schon einmal durch die Korallen getaucht und hatte Verstecken gespielt.

Aber wie konnte das sein?

Eine Träne kullerte ihr über die Wange. Sie blickte ihren

Geliebten an und hatte plötzlich Sehnsucht nach einem
Lebensraum, der nicht für sie bestimmt war.

Plötzlich blitze eine Flosse aus dem Wasser. Dann noch eine.
Eine Flosse nach der anderen erschien zwischen den Korallen
über der Wasseroberfläche. Die ganze Korallenbank war
anscheinend mit großen Fischen bevölkert.
Erst als die ersten ihre Köpfe aus dem Wasser streckten,
erkannte sie ihre Schwestern.
Ihre Schwestern waren Meerjungfrauen.
Sie waren wunderbare Geschöpfe. Sie streckten ihre
Oberkörper aus dem Wasser und winkten dem jungen Paar an
Land zu. Die beiden winkten erfreut zurück und jetzt wurde ihr
auch klar, woher sie kam.
Zärtlich und beschützend nahm ihr Geliebter sie in den Arm. Er
gab ihr von jetzt an Geborgenheit und Liebe. Dennoch trauerte
sie dem Meer noch einige Tränen nach.
Sie war nun erwachsen geworden, denn nur Meerjungfrauen
sind nur im Meer Jungfrauen.

Nicht von dieser Welt

Es ist jetzt ihr vierter Orgasmus und es sieht so aus als hätte dieser Höhepunkt ihr den Rest gegeben. Ich liebe es wenn sie kommt. Sie kann sich so herrlich gehen lassen und zeigt mir so ihre Lust und Zufriedenheit auf so eine ehrliche und nackte Art wie es keine Worte tun können.

Ich lege meine flache Hand auf ihren Po und versuche sie zu beruhigen.

Ich bin mir nicht sicher ob sie weint oder lacht, aber es hört sich wahnsinnig geil an. Nur langsam kommt sie wieder in meine Welt zurück. Sie dreht ihren Kopf zur Seite, lächelt mich mit verklärtem Blick an und sagt: "Georg, das war wunderbar. Du bist ein toller und zärtlicher Liebhaber. Ich bin so froh dass wir uns gefunden haben"

Wir haben uns über eine Zeitungsannonce gefunden. Sie suchte und ich fand sie. Ich hatte ihr noch am selben Abend eine Mail geschrieben und auf eine schnelle Antwort gehofft.

Es tat sich erst mal nichts.

Kein Wunder bei der Masse an Zusendungen die sie erhielt, wie sie mir später erzählte. Jedenfalls kam es dann doch schnell zu einem Treffen und seitdem sehen wir uns in unregelmäßigen Abständen immer wieder. Und es bleibt nicht beim Sehen.

Wir fühlen und schmecken uns. Wir machen Sex und Liebe wie ich es so noch nie erleben durfte.

Doris ist einmalig.

Auch heute beim Duschen und anziehen ahnte ich was passieren würde.

Ich ging voller Vorfreude durch den Tag. Ich zählte die Stunden und malte mir aus, wie es ist, wenn sie nackt neben mir liegt.

Die Zeit verging im Zeitlupentempo. Als ich endlich vor ihrem Haus stand zitterte ich schon vor Erregung. Doris machte mir auf und schon da verschlug es mir bereits den Atem.

Sie stand fast nackt vor mir. Nur ein kleiner weißer Slip verschönerte ihren tollen Körper.

Und Stulpen! Ein Slip und Stulpen.

Doris hatte genau hingehört als ich ihr von meinen Träumen und Fantasien erzählte. Sie setzte es um und empfing mich so.

„Wahnsinn! Was für eine tolle Frau!", schwärmte ich gedanklich und ich konnte nicht anders als sie lange und leidenschaftlich zu küssen. Meine Lippen spielten mit ihren.

Als sich unsere Zungen fanden spürte ich ein Kribbeln in meinem Unterleib. Doris versuchte mir die Klamotten schnellstens vom Leib zu reißen. Mit Erfolg.

Nach nur wenigen Minuten stand ich im Adamskostüm vor ihr und mein Penis ragte steil empor.

Ich drückte mich gegen sie, wollte sie spüren und ihre warme Haut berühren.

Ich schob sie unbeabsichtigt gegen die Tischkante. Doris machte einen kleinen Satz und setze sich auf die Tischkante. Wieder küssten wir uns und meine Hände kneteten ihren Busen.

Meine Finger strichen behutsam über ihre harten Nippel und ein erstes wollüstiges Stöhnen kam über ihre Lippen. Meine Zunge übernahm das Spiel meiner Finger und Doris wurde immer ungeduldiger.

Ich sah schon dass ihr Höschen an einer Stelle nass wurde.

Ich konnte die Feuchte riechen und ihre verlangende Lust spüren. Mit einer schnellen Bewegung befreite ich sie von diesem lästigen aber schön anzusehenden Textil und legte meinen Mund vorsichtig auf ihre Muschi.

Jetzt war es kein Stöhnen mehr, sondern ein freudiger und spitzer Schrei. Als meine Zunge aus meinem Mund schnellte und ihre Lustlippen behutsam leckte, begann sie zu wimmern. Sie hatte sich offenbar genauso sehr auf diesen Abend gefreut wie ich. Wir waren zwei Lustbündel, denen es nach Erfüllung dürstete.

Normalerweise ließen wir uns immer sehr viel Zeit.
Gerade der erste Orgasmus sollte so lange hinausgezögert werden wie möglich. Aber heute kannten wir keine Beherrschung mehr. Ich stand vor ihr, massierte ihre feuchte Grotte kurz mit meinem besten Freund und dann drang ich ganz langsam in sie ein und verharrte so einen Augenblick.
Ich beugte mich über sie und küsste sie wieder.
Mein Unterleib blieb ruhig und ich spürte das Pochen ihrer Scheide.
Ganz langsam richtete ich mich auf und begann meine Stoßbewegungen. Immer wieder blieb ich für Sekunden fest in ihr drin, um sie dann wieder kräftig zu stoßen.

Meine Hände schnappten sich ihre Waden. Ich hielt sie an ihren Stulpen und konnte mich an diesem Anblick nicht satt sehen. Ihr Gesicht war von Lust gezeichnet und ihre Laute immer unverständlicher und hemmungsloser. Ich weiß nicht, wie lange wir das so trieben. Die Zeit fühlte sich an, als ob sie stehen bleiben würde.

Doch dann hörte ich sie aus Leibeskräften schreien: „Georg ....
ich komme!"

Ich hatte Mühe ihr Becken zu halten, so sehr bebte ihr
Unterleib. Ich liebe es, wenn sie kommt.

Es ist fast so schön wie selber zu kommen. Es zeigt mir dieses
Vertrauen, welches sie zu mir hat. Dieses sich öffnen,
abschalten und sich einfach nur hinzugeben.

Es war diese Hingebung zu mir, welches mich am meisten an
ihr faszinierte.

„Komm, lass uns ins Bett huschen!", schlug sie vor.

Wir legten uns in ihr gemütliches, weiches Bett. Doris erholte
sich schnell und begann meinen Freund zu streicheln. Der war
natürlich noch voller Kraft und Vorfreude.

Doris spürte das. Sie machte es sich zwischen meinen Beinen
bequem und begann an meinem Schwanz zu lutschen und zu
saugen. Das konnte sie wie keine Zweite.

Es ist herrlich sich so verwöhnen zu lassen.

Als ihre Hände dann noch an meinem Sack und meinen Hoden
spielten, flippte ich fast aus.

Der Wahnsinn ist, wenn sie mich mit ihrem Mund verwöhnt und gleichzeitig mit ihrer flachen Hand oder ihren weichen Fingern an den Schenkeln streichelt.

Und genau das tat sie just in diesem Augenblick.

„Doris, du weißt, das halte ich nicht lange aus!", konnte ich gerade noch sagen, als sie sich vorsichtig auf mich drauf setzte.

Mit einem Schmatz verschwand mein Lustbengel in ihrer warmen Grotte und freute sich auf den heißen Ritt. Es war ein heißer Ritt.

Erst langsam kreisend und dann immer rhythmischer bewegte sie sich elegant auf mir. Sie lächelte mich von oben herab an und ich sah, das auch sie langsam wieder Lust empfand.

Langsam ist untertrieben. Sie wurde immer schneller und fester und ich spürte, dass ich das nicht mehr lange aushalten konnte. Ich wollte sie aber mitnehmen.

Mitnehmen in das Tal der unbegrenzten Lust.

Ich beugte mich etwas vor und nahm ihre Brust in meinen Mund. Meine Finger klammerten sich an ihren Po fest und ich versuchte ihren Ritt zu erwidern. Und tatsächlich.

Doris stand kurz vor ihrem Höhepunkt. Ihr Blick war nicht mehr von dieser Welt.

„Mach, mach, mach! Hör nicht auf!", wimmerte sie.

Ich versuchte es, aber es war zu spät.

Ich spürte wie sich mein Sperma aus den Zehen bis in die Lenden sammelte. Mit einem Kribbeln und Zucken, wie ich es selten erleben durfte, bahnte sich mein Orgasmus an.

Als das warme Sperma mit einer Wucht in ihre Liebesgrotte spritzte, kam es ihr auch.

Unsere Körper zuckten wie wild.

Laute Lustschreie durchdrängten die Abendstille. Es war unbeschreiblich. Doris ließ sich von mir fallen und lag erledigt neben mir. Sie lächelte mich verschmitzt an.

Wir legten eine Pause ein.

Wasser trinken, duschen, Wein aufmachen und quatschen.

Auch das zeichnet uns aus.

Schöne ungezwungene Gespräche und kleine, liebe Zärtlichkeiten. Der Abend ging weiter.

Massage mögen wir beide sehr. Wir verwöhnen uns sehr gerne gegenseitig.

Ich weiß nicht einmal, was schöner ist. Verwöhnt zu werden oder Doris all meine Zärtlichkeit und Lust schenken zu dürfen.

Ich hatte extra ein betörend riechendes Öl mitgebracht und begann ihren Rücken zu massieren. Doris genoss die

Entspannung und die Vorfreude. Ihre Schultern knetete ich und ihren Rücken streichelte ich immer mehr.

Ihre Seiten waren sehr empfindlich und so verirrten sich meine Finger immer wieder hierher. Auch ihren Nacken und Hinterkopf zog ich in meine Massage ein. Sie dankte es mir mit mehreren tiefen Seufzer. Von ganz oben nach ganz unten. Nun waren ihre Füße dran.

Ich liebe kleine Füße, vielleicht auch deswegen meine Vorliebe für Stulpen und Söckchen. Vorsichtig massierte ich ihren Spann und ihre Fußsohlen.

Ihr gefiel es offenbar auch. Man konnte es hören. Als meine Finger in die Zwischenräume ihrer Zehen drangen und dort langsam mit der Massage fortfuhren, war sie so entspannt und locker wie noch nie.

Ihre erste Lust war befriedigt und nun begann die Zärtlichkeit sich positiv auf unseren weiteren Abend auszuwirken.

Meine Hände krabbelten an ihren Waden entlang Richtung Kniekehlen. Auch das mag sie.

Ich sah sie so in ihrer Nacktheit vor mir liegen. Ihr Po und ihre Schenkel brachten mich bereits wieder auf Touren und mein kleiner Freund begann sich wieder aufzurichten. Langsam tröpfelte ich etwas Öl auf ihre Schenkel und setzte meine

Massage fort.

Doris winkelte ein Bein an und so hatte ich noch mehr Bein und einen herrlichen Ausblick auf ihre Lustgrotte. Ein dünner feuchter Film hatte sich bereits über ihre Lippen gelegt und ich musste mich beherrschen, sie nicht gleich mit einem Frontalangriff zu erschrecken.

Also setzte ich meine Massage fort, kam aber dem Dreieck immer näher. Und umso näher ich diesem neurotischen Punkt kam, umso zappeliger wurde sie. Ihr Becken richtete sich immer wieder kurz auf und ihr Po begann zu wackeln. Ich konnte und wollte sie so nicht liegen lassen. Mit meinem Zeigefinger tupfte ich vorsichtig an ihre Pforte.

Sie stöhnte und zeigte mir, dass ich weitermachen durfte. Der Druck von meinem Finger wurde stärker und die anderen Finger teilten ihre Schamlippen und massierten sie behutsam. Als die Lippen gut massiert waren und ich ihren Liebesnektar auf den Fingerkuppen spürte, steckte ich einen Finger tief in sie rein.

„Ja Georg, das ist schön! Mach weiter!", spornte sie mich an und ich nahm einen zweiten Finger zu Hilfe. Auch das quittierte sie mir mit einem tiefen Seufzer.

„Komm, dreh dich herum!", schlug ich ihr vor. „Ich will dich schmecken!“

Doris drehte sich auf den Rücken.

Ihr Gesichtsausdruck war zwischen Lächeln, Unsicherheit und Vorfreude. Ihre Arme hatte sie hinter ihrem Kopf verschränkt. Ihre Beine waren weit gespreizt und leicht angewinkelt.

Mein Mund machte sich auf den Weg.

Aber nicht auf direktem Weg in Richtung Muschi, sondern erst an den Innenseiten ihrer Schenkel entlang. Gefolgt von meiner Hand. Meine Zunge fuhr an den Leisten entlang und erweckte so eine noch größere Lust bei Doris. Sie zitterte und wartete ungeduldig auf meine erlösende Berührung auf ihrem Lusthügel. Langsam setzte ich meine Lippen auf ihre Grotte. Meine Lippen bewegten sich langsam als würden sie mit ihrer Muschi reden. Meine Lippen massierten die ihrigen da unten und als dann meine Zunge durch das Paradies pflügte schrie sie kurz heftig auf.

„Wahnsinn!“, schrie sie. „Wahnsinnig geil!“

Meine Zunge suchte den Punkt, der ihr die heißesten Gefühle schenken sollte.

Vorsichtig wühlte sie sich vor, bis sie ihn gefunden hatte und langsam mit ihm spielte. Ihre Klitoris wuchs schnell und strahlte frech hervor. Meine Zunge leckte, tupfte, schleckte und

saugte an ihr. Langsam und behutsam, aber dennoch
unaufhörlich.

Ich merkte, wie sich langsam ein weiterer Höhepunkt bei ihr
anbahnte.

Sie wollte es noch nicht, aber es gab kein Zurück. Sie war
schon über den Punkt hinaus und konnte sich nicht mehr gegen
ihre Lust wehren.

„Oh …. Georg! Ich glaube …. ich komm schon wieder!",
hechelte sie.

„Ich kann nicht mehr …. ich …."

Ich hielt sie mit beiden Händen fest an den Hüften und
versuchte den Kontakt nicht zu verlieren.

Es fiel mir schwer, denn ihr Unterleib wurde immer unruhiger
und ihre Bewegungen immer unkontrollierter. Als ich einen
Finger in ihre heiße Höhle steckte und mit der Zunge ihren
Kitzler an einer ganz bestimmten Stelle traf explodierte sie.

Es wurde still. Ihr Becken zuckte leicht. Ihre Schenkel
zitterten. Ihre Füße stellten sich krumm und mit einem Urschrei
schnellte ihr Becken hoch. Ihre Beine zappelten, ihren Kopf
schmiss sie hin und her und ihre Finger krallen sich in meine
Oberarme.

Dieser Orgasmus war der Intensivste, welchen ich bis dahin

erleben durfte. Er dauerte unsagbar lange. Das Zittern und Wimmern schien gar nicht aufzuhören und so lag mein Schatz wie ein Lustbündel vor mir.

Das alles hatte meine Lust natürlich ins unermessliche gesteigert und ich musste nun auch meine Lust austoben.
Ich drehte sie zur Seite. Ich glaube sie hat das alles gar nicht richtig wahrgenommen. So zur Seite gelegt spreizte ich ihre Beine und drang in der Löffelchenstellung in sie ein. Sie erschrak und wieder entfuhr ihr ein lauter Schrei. Als ich wie wild begann, sie zu stoßen, war sie bereits wieder im siebten Liebeshimmel. Ich streichelte ihren Rücken, ihre Schenkel und genoss dieses innige Gefühl. Ich war sehr entspannt, konnte den Rhythmus bestimmen und machte uns beide wahnsinnig. „Hör bitte nicht auf!", flehte sie mich immer wieder an.
Ich wollte ihr den Gefallen tun, aber lange konnte ich mich nicht mehr zügeln. Es reichte, um ihr herrliche Gefühle zu schenken und dann explodierte ich. Doris stachelte dies noch zusätzlich an. Ihre Lust stieg ins unermessliche.
Zum Glück blieb mein treuer Freund noch eine Weile steif und hart und so konnte ich, wenn auch etwas langsamer, sie weiter stoßen. Mit meinen Fingern spielte ich an ihre Nippel und löste ein weiteres kleines Feuerwerk in ihrem Körper aus. Sie war

kurz davor.

Ein, zwei, drei kräftige Stöße und Doris kam.

Sie riss die Augen auf. Ihr Unterleib zuckte, sie rief unverständliche Lustlaute von sich und schmiss sich auf den Bauch. Ihre Füße trommelten auf das Bettlaken. Es war jetzt ihr vierter Orgasmus und es sah so aus, als hätte dieser Höhepunkt ihr den Rest gegeben.

Ich liebe es, wenn sie kommt.

Es lässt Doris immer so unschuldig aussehen, obwohl ich weiß, dass sie ein wildes Energiebündel ist. Innerlich wussten wir beide, dass wir füreinander gemacht sind und dass wir in Zukunft noch viele weitere spannende Abende miteinander verbringen werden.

Mal sehen, wohin uns beide diese Reise bringen wird.

Der schüchterne Junge

„Verdammt!", dachte ich mir, als ich aus dem Gebüsch trat und den schmalen Streifen herrlichen Sandes überblicke.

Der kleine Strand war gut besucht. Sonst ist nie jemand zu dieser Zeit hier. Die Stelle liegt sehr versteckt und ist kaum zugänglich.

Doch ich hatte in diesem Moment keine Lust mehr, wo anders hinzugehen. Ich breitete mein Handtuch aus und ziehe meinen Rock und meine Bluse aus.

Eigentlich wollte ich mich ohne Streifen bräunen, doch das kann ich nun wohl vergessen. Also legte ich mich in meinem schwarzen Bikini bekleidet auf meine Decke und genoss die warmen Sonnenstrahlen auf meinem Körper.

Durch die Abgeschiedenheit vergesse ich schnell alles um mich herum. Von Zeit zu Zeit lasse ich meinen Blick zu meinem Nachbarn schweifen. Er sah süß aus.

Allerdings schien er in seinem Buch vertieft zu sein und bemerkte es anscheinend nicht, dass ich ihn mit der Zeit flirtend anschaute. Ich drehe mich auf den Bauch. Der Verschluss meines Bikinis drückte ein wenig und so öffnete ich ihn. Die Träger fielen zur Seite.

Was soll schon passieren?

Aus den Augenwinkeln bemerkte ich, wie mein Nachbar zu mir herüber sieht.

Scheinbar lässt ihn das "Schauspiel" nicht kalt. So will ich ihm einen Anreiz bieten. Ich drehe mich etwas, um meine Decke zurecht zu rücken. Dabei muss er einfach einen freien Blick auf meine Brüste haben.

Ich nehme das Oberteil und lege es zur Seite.

Aus den Augenwinkeln erkenne ich sein errötetes Gesicht und auch ein Anzeichen, dass er erregt zu sein scheint. Die Vorstellung reizt mich …. wie weit würde ich gehen wollen? Allein der Gedanke daran lässt es in meiner Pussy anfangen zu kribbeln.

Immer noch blickte er mit gesenktem Kopf in sein Buch. Nur vereinzelt nehme ich seine Blicke wahr, doch mehr passiert nicht. Plötzlich klingelte mein Handy. Ohne nachzudenken richtete ich mich auf und holte es aus meiner Handtasche. Nur eine Werbenachricht. Wütend löschte ich die SMS und stecke mein Handy zurück in die Tasche.

Als ich zu meinem Nachbarn hinüberblicke, schaut er mich ganz ungeniert an und mir wird plötzlich bewusst, dass ich kein Oberteil mehr anhabe. Seine Reaktion ist eindeutig. Schnell

nehme ich meine Hände hoch und verdecke meine Brüste.
Noch immer wütend über die Störung und das Verhalten
meines "Voyeurs" überlegte ich, was ich tun konnte. So
beschloss ich in die Offensive zugehen.

Ich ging zu ihm hin. Vollkommen verschreckt schaut er mir in
die Augen.
„Macht es dir Spaß, mich so anzuglotzen?", bombardierte ich
ihn.
„Ähhhh, nein …. es tut …. es tut mir leid! Ich wollte dich nicht
angaffen.", stammelte er und legte sein Buch zur Seite.
„Dein Körper sagt da aber was ganz anderes!", meinte ich und
deutete auf seine Shorts, in welcher sich ein gewaltiger
Schwanz aufzurichten schien.
„Es tut mir leid, so ist das nicht. Ich wollte dich gar nicht
ansehen.", entschuldigte er sich.
„Du findest mich also nicht attraktiv?", fragte ich ihn
eindringlich und nahm meine Hände von den Brüsten.
Sein ohnehin schon rotes Gesicht wurde noch röter und die
Konturen seines besten Stückes in der Hose nahmen
beachtliche Ausmaße an.

„Okay …. Du hast mich durchschaut! Ich kann es nicht mehr

leugnen.", gab er mit einem Seufzer zu.

Dabei blieb sein Blick wie eingefroren auf meinen Brüsten hängen.

„Dachte ich es mir doch!", sagte ich beherrschend und stellte mich breitbeinig über ihn.

Devot lag er unter mir auf seiner Decke. Wie eingefroren ist sein Blick fest auf meine Bikinihose gerichtet.

Durch den dünnen Stoff meines Bikinihöschens konnte er sehen, wie sich ein kleiner feuchter Fleck zwischen meinen Beinen bildete.

Ich gehe auf die Knie, sodass meine Pussy auf seinem Bauch zu liegen kommt.

Sein Blick streicht über meinen Körper und bleibt lange auf meinen harten Brustwarzen hängen. Dann blickte er mir fassungslos und ängstlich ins Gesicht.

Er wusste anscheinend nicht, was mit ihm passierte und so greife ich nach hinten und konnte seinen steinharten Schwanz in seiner Shorts ertasten. Ich umfasste ihn und ließ meine Hand an ihm auf und ab gleiten. Er hatte die Augen geschlossen.

Aus seinem Mund kam nur noch ein leises stöhnen.

Schon nach wenigen Bewegungen spürte ich, wie sich sein

Körper aufbäumte und er seinen Samen in seine Shorts spritzt.

Beschämt schaute er mich an. So schnell seine Erektion gekommen war, fällt sie nun in sich zusammen.

Meinen Griff ließ ich nicht locker. Nun wollte doch auch in noch meinen Spaß haben.

„Wie alt bist du?", fragte ich ihn.

„Ich …. bin 20 Jahre ….", erklärte er sich´.

Etwas fester drückte ich seinen schlaffen Schwanz.

„Wie alt bist du wirklich?", hakte ich nach.

„Ich bin 18 Jahre alt. Vor zwei Wochen war mein Geburtstag.", entglitt es ihm leise aus seinem Mund, noch immer beschämt nach unten schauend.

„Und wie heißt du?", fragte ich ihn.

„Oliver:", antwortete er.

„Hast du eine Freundin, Oliver?"

Wieder verstärke ich meinen Griff. So einfach wollte ich ihn nicht davon kommen lassen.

„Nein. Ich hatte bisher noch nie eine.", gestand er leise.

Ich nahm meine Hand von seiner Shorts, umfasse sein Gesicht und schaute tief in seine Augen.

Ich beugte mich vor, bis meine Lippen die seinen berühren.

Oliver scheint immer noch steif vor Schreck zu sein. Sanft

knabberte ich an seiner Unterlippe und ließ meine Zungenspitze über seine Lippen gleiten. Ich verstärkte den Druck und suchte den Eingang. Leicht öffneten sich seine Lippen und sanft berührte ich seine Zungenspitze.

Etwas mutiger geworden bewegt er seine Lippen und Zunge nun aktiver. Langsam drang auch er in meinen Mund vor.

Ich richte mich wieder auf, sodass ich über ihm kniete. Ein prüfender Griff an seine Hose lässt mich noch immer seinen schlaffen Schwanz spüren. So drehe ich mich um, kniete nun in Blickrichtung seiner Shorts. Meinen Po streckte ich raus und ließ meine Bikinihose über seinen Oberkörper streichen. Mit meinen Händen nestele ich an seiner Hose, ich ziehe den Bund nach unten und lege seinen Schwanz frei. Von meiner vorherigen Stimulation ist sein Olivers Schwanz von seinem Sperma schleimig.

Ich beuge mich vor und lasse meine Zunge über seinen Muskel gleiten und probiere den kostbaren Saft des Jünglings. Schon die erste Berührung ließ ihn erschaudern.

Ich lege meine Hand um seine Wurzel. Schon so ist Olivers

Schwanz von guter Größe und seine Eier scheinen noch immer prall gefüllt zu sein. Meine Berührungen lassen das Leben in ihn zurückkehren. Ich stülpe meine Lippen über seinen schleimigen Schaft und lasse ihn tief in meine Kehle gleiten.

Von Oliver ist nur ein Stöhnen zu hören, seine Hände liegen auf meinem Arsch. Ich spürte, dass er noch immer zu schüchtern war, um selbst aktiv zu werden.
Immer wieder lasse ich seinen Schwanz in meinen Mund vordringen. Immer mehr füllt er meinen Mund aus. Ich schaffte es kaum noch, ihn ganz in mich aufzunehmen. Mit meinen Händen massierte ich seine Eier. Mittlerweile ist meine Pussy schon richtig nass, während ich sie weiter über seinen muskulösen Oberkörper reibe.
Das Kribbeln in mir entwickelt sich zu einem Feuer, das nur darauf wartete, gelöscht zu werden. Ich lasse von seinem Schwanz ab und stehe auf. Breitbeinig stehe ich über ihm und konnte erkennen, wie sich Enttäuschung in seinen Augen breit machte.

Ich greife in mein Bikinihöschen und ziehe es von meinen Hüften. Oliver starrte wie gebannt auf meine glatt rasierte Pussy. Meine Lippen sind geschwollen und ein wenig geöffnet, dass er das rosa Fleisch meines Innersten sehen kann.

Der Saft meiner Pussy hat einen deutlichen Fleck hinterlassen.

Ich halte sie über Olivers Nase, sodass er meinen Duft riechen konnte. Er greift mit seinen Händen nach meinem Höschen und vergrub sein Gesicht darin.

Sein Schwanz ist steinhart und ragt beachtlich in die Höhe.

Noch immer ist sein Gesicht in meinem Bikinihöschen verschwunden, sodass er nicht mitbekam, dass ich mich auf ihn niederlasse. Erst als seine Eichel meine Schamlippen teilten, blickte er überrascht nach oben. Er konnte gar nicht so schnell mitdenken, da hatte ich seinen Schwanz schon in ganzer Länge in meiner Pussy aufgenommen.

Das Gefühl der gänzlichen Fülle ist überwältigend, dass ich es einfach so genieße, ohne mich zu bewegen.

Ich schaute in seine staunenden Augen.

Ich erkenne darin nun unbändige Lust …. anscheinend ein Gefühl, welches er noch nicht kannte. Langsam aber sehr intensiv begann ich mich zu bewegen. Ich lehne mich etwas zurück, um ihn noch intensiver in mir zu spüren.

Fast in ganzer Länge ließ ich mich von ihm reizen, bevor ich seinen Schwanz wieder tief in mich aufnahm. Nochmals schien er an Härte und Größe zugelegt zu haben, denn ich konnte jede einzelne Ader spüren. So werden meine Bewegungen schneller und schneller.

Zusätzlich ließ ich mein Becken kreisen. Mit meiner Hand massierte ich meinen Kitzler, der mittlerweile deutlich hervorschaut.

Oliver nahm seine Hände und umfasste meine Brüste. Er massierte sie sanft und lässt seine Fingerspitzen über meine Nippel kreisen, während meine Scheide vor Erregung glüht. Immer schneller werden unsere Bewegungen.

Ein letztes Mal ließ ich mich tief auf Olivers Schwanz nieder, bevor mein Körper sich verkrampfte. Meine Pussy zieht sich zusammen und umklammert Olivers Schwanz wie ein Schraubstock. Für ihn ist dieses Gefühl zu viel, denn ich spüre, wie auch er verkrampft. Ich spürte die Hitze durch sein Sperma in meinem Unterleib, das er mir Schub um Schub in meine Spalte pumpt.

Ich weiß nicht, wie lange wir so aufeinander saßen, bis sich unsere Anspannung gelöst hatte. Ich ließ mich nach vorne auf Olivers Brust fallen. Sein Schwanz rutschte aus mir heraus, mit ihm ein Schwall seines Saftes.

Intensiv küssten wir uns.

Mittlerweile stand die Sonne schon tief am Horizont, nur noch wenige goldenen Strahlen fielen auf unsere verschwitzten Körper. Für mich wurde es Zeit.

So stand ich auf. Sein Sperma tropfte aus meiner Pussy und lief an meinen Schenkeln herunter, während ich breitbeinig über ihm stand. Ungläubig schaute mich Oliver an. Als ob er denkt, das alles sei ein Traum.

Ich sprang schnell ins Wasser, um die Spuren der Lust von meinem Körper zu waschen. Als ich aus dem Wasser kam, lag Oliver noch immer so da, wie ich ihn verlassen hatte. Seine Augen waren nun geschlossen. Ich nahm einen Stift und einen Notizzettel aus meiner Tasche und schrieb meine Telefonnummer darauf. Dann sammelte ich meine Sachen ein, verzichtete aber auf den Bikini.

Diesen legte ich gemeinsam mit meiner Telefonnummer auf Olivers Brust und verschwand dann zwischen den Büschen am Rande des Strandes. Ich wusste, dass Oliver und ich uns wieder sehen werden.

Dabei nahm ich mir vor, aus Oliver langsam aber sicher einen richtigen Mann zu machen Er hatte das Zeug dazu.

Denn stille Wasser sind tief ….

MIX

Papier | Fördert
gute Waldnutzung

FSC® C083411

Zeitfracht Medien GmbH
Ferdinand-Jühlke-Straße 7
99095 Erfurt, Deutschland
produktsicherheit@kolibri360.de